VILLAGE

藤谷 圭一郎／著

もくじ

挿絵　小三凪　葵（アトリエ物語山荘）

これは二〇一一年の物語である。

一　キョウナの手紙

親愛なるDr.サマーヴァケーション

前略　ご無沙汰しております。お元気でしょうか?

十数年来音沙汰のなかった者からの突然の便りほどびっくりするものはないでしょう。

差出人の名を見て目を丸くしているあなたの姿が目に浮かびます。

でも、それも仕方ないのです。

私自身、「そうだ、あの方に手紙を書けばいいんだ」って、突然思い立ったものですから。

その点どうぞお目こぼしをいただければ幸いです。

近年のあなたのご活躍はとても目をみはるものがあります。

ご著書も多数で、本屋であなたのご著書を見つけるとつい手が伸びてしまいます。

特に、最近発刊された『地産地消学入門』、あれは本当に良い本でした。

「地産地消しようとする意志はどこから出てくるのか？」

この帯のキャッチフレーズにぐっと惹きつけられました。

また一つ、学問の新しい扉を開きましたね。

あなたはいつもそうです。

昨日までは「夏の間を田舎で過ごすことに関する権威」として世にまかり通っていたかと思えば、今日はもう別の権威になろうとしている。明日は何になるのかはらはらしております。


さて、前口上はこれくらいにして——突然ですが、私、このたび実家に里帰りすることにいたしました。

といっても私に赤ちゃんが産まれたわけではありません。

言うなれば、赤ちゃんは私の母です。

その面倒を見に実家へ帰ろうと思うのです。

ご存知のように母の闘病生活は長く、もうかれこれ五年近く病院で寝たきりの生活を送っています。

この間ほとんど彼女と面会しておりません。

病に倒れた際、それに、少しだけ回復した時期があってそのときにちょこっと、ほんのすずめの涙程度しか病院を訪れていません。おおかたは父や兄を通じて近況を得ていたに過ぎないのです。

私は母にこれまで孝行らしいことを一つもしておりません。

孝行どころか面倒のかけっぱなしでした。

今回の里帰りは、簡単に言ってしまえば母親への罪滅ぼしなのです。

里帰り。

こんな簡単なことを決意するまでにどれだけ無為な時間を費やしたことでしょう。

やると決めるが早いか、すぐさま万障繰り合わせて——中学生の上の娘は主人の元へ残し、下の娘は一緒に連れ立つので幼稚園に長期休暇を申し立て——やっとこさこのたびの運びとなりました。

一　キョウナの手紙

つい先だって、母の亡くなった夢を見ました。

夢の中で私は地下鉄に乗っていて、向かいの席の男性に母との確執の日々をまるで懺悔するかのように嘆き訴えるのです。

それでその男性なのですが、知らない人のはずなのに初めて会った気がしないのです。どこか懐かしいというか——笑わないで下さいね——姿顔かたちはまったく覚えていませんが、物腰や雰囲気があなたにそっくりなのです！

虫の知らせではありませんが、この夢を見て以来、何か胸騒ぎがおさまらず、こうしてあなたに筆を取った次第なのです。

いえ、もしかしたら本当に虫が知らせてくれたのかもしれません。

夢の中でスマートフォンダマシという不思議な虫が出てきます。

あなたに似た男性がそう教えてくれたのです。

スマートフォンに取りつく虫で、スマートフォンを操る私の手つきがその虫なのだと。

変わったことをおっしゃるでしょう？

このあたりもあなたにそっくりなのです。そして、里帰りをためらう私の背中を一押ししてくれたのはこの夢なのです。

もう永遠にないかと思っていた実家で過ごす夏の日々。できれば幼少の頃過ごしたあの夏休みと同じだと思いたいものです。そうでなければ辛いかもしれないから。

そこで質問です。

私のこのたびの里帰りは学問的に見て夏休みと呼んでもさしつかえない種類のものなのでしょうか？

こんな一風変わった質問をするのも、あなたが夏の間を田舎で過ごすことに関する権威という一風変わった権威でいらっしゃるからです。


気がつけば、まとまりのない、「以上、取り急ぎ主婦の与太話まで」といった内容に堕してしまいました。どうぞその点も併せてお許しください。

近く、あなたにお会いするような気がいたします。

なぜだかはわかりませんがそういう予感がするのです。

きっと、これもスマートフォンダマシの知らせかもしれません。もし本当にそういう機会に恵まれましたらこの夢の話をもっとして差し上げたいと思います。

（いけしゃあしゃあとこんなことを言っていますが、実際にあなたを前にしたら恥ずかしくて話せないかもしれません。そのときはどうか私を、殻に閉じこもっていっこうに出てこない困ったカタツムリと思ってあきらめてください。あしからず…）

ではその時が来るのを祈ってこのあたりで筆を置くことにいたします。

今、私の手元の時計で十五時をちょっとすぎた頃で、梅雨のあい間のやわらかい日差しが私の部屋に差し込んでいます。

二〇一一年六月、あじさいの花の咲き乱れる候に

キョウナ

二伸　私が実家にいる期間はひとまずひと月と決めてはいますが、早めに切り上げたり、あるいは延長したりするかもしれません。もし返信をいただけるならば、いずれにしても実家の住所にお送りください。あなたの便りが届いたとき東京に戻っていたとしても転送するよう兄に申し付けてありますので。

それでは。

二　気になる麦茶

私は叔父の住む地方の港町に向かっている。小学生の時分以来の訪問であった。私の父親が叔父夫妻と仲が良かったので夏休みになると毎年のように叔父宅へ泊まりに出掛けたのであった。叔父の屋敷は町はずれの小さな村にあり、代々続く地主農家であった。

叔父の屋敷の窓からは一面の海が見渡せ、その裏側には山々が軒並み峰を連ねていた。その頃の私にとって、海は怖いものであった。茫洋とした水平線のあたりに、船やタンカーがまるで幽霊船のように、今にも消え入りそうでいていっこうに消え入らぬ不思議な秩序を保ちながら浮かび上がっていた。その情景が、大人になった今でも、どこか怪談じみた記憶として、私の脳裏に焼きついていた。

「卵はスクランブルにする？　それとも目玉？」

妻がメニューを眺めながら尋ねた。

私たちは高速を降りて、叔父の屋敷のある町に差し掛かった頃、朝食を済ませるためにデニーズに立ち寄っていた。

こんな形でこの町に再びやって来るなんて思いも寄らなかった。いや、こういうことは心のどこかでいつも覚悟しているはずなのだ。機会はいくらでもあったはずなのに——。

「スクランブルで。コーヒーはやめておくよ」

紅茶でいい？　と妻がたずねたので、かまわない、と私は答えた。

彼女がウェイトレスとオーダーのやり取りをしてくれている間、私は窓の外の道路越しに広がる海を眺めていた。ぼんやりそれを眺めていると、海の香りが窓ガラスを通り抜けて伝わってくるようであった。

「本当に残念ね。生きているうちにあなたの叔母さんとお会いしたかったわ」

妻はそう言って、喪服の袖を伸ばし、メニューをメニュー掛けに戻した。そうだね、と私は気のない返事をした。

「教授就任祝賀会の前日でしたものね。あのときのことは今日起こったことのようにはっきりと憶えているわ。叔父さん大慌てだったわね。叔母さんを乗せた救急車の中から電話をかけたりして…。お祝いムードがいっぺんに吹き飛んじゃったっけ」

妻にそう言われ、私はあの日を思い出していた。最年少教授誕生と周りからちやほやされ思い上がっていた時期だ。私の心は傲慢という雑草がはびこり、謙虚という凛とした――きっと一輪か二輪しか咲かない――美しい花を見失っていた。私はこの頃の自分が許せなかった。そしてそれを拭い去ろうといわんばかりに頬杖をついた方の手で顔をさすった。

「振り返ってみると、結局あの日から一度も病院の外を出ることはなかったのね。叔母さん、幸せだったのかしら？」

私は妻の言葉に手を顔から離した。

「幸せ…」

そこへ朝食が運ばれてきた。皿が型どおりにすばやく、しかしあわただしさをみじんも感じさせないやりかたで並べられてゆく。ウエイトレスのビジネスライクな対応に私はなぜか好感を覚え、また元の威厳を保った自分に戻りつつあった。私たちは朝食にとりかかった。しばし無言でソーセージやパンを食べた。一段楽着いたところで私のほうから口火を切った。

「叔母さんが幸せだったかどうかはわからんね。だが、これだけは言えるよ。

大学の教授になることであったり、ＢＭＷのコンバーチブルに乗ることだったり、世田谷の奥沢でペットとプールと庭付きの住宅に住むことや、銀座の高級フレンチでディナーを食べること――こういうことは不幸だ」

私は窓のすぐ向こう側の駐車場に停まっているＢＭＷのコンバーチブルにちらと一瞥を加えた。ああいうものに乗ることは、いつからか楽しいことではなくなっていた。

「誰にとって不幸なの？」

妻は尋ねた。

「私にとって…いや、もしかしたら君にとっても――」

私がそう言い掛けると、

「むか〜し、むかし、それはまだ私たちが恋人として付き合っている頃のことでした。『僕は世界中の誰をも幸せにしたい。困っている人のところへ駆けつけていって手を差し伸べるような人間になりたいんだ』って、いっつも、いっつも言っていた人がいました。誰でしょう？」

妻はそう言って笑みをこぼした。

「思想でならそれが手っ取り早くできると考え始めた頃あたりから、私は道を踏み外したのかもしれない。有名な学者であるということが私の邪魔をしている。私は叔父や叔母、それに一緒に遊んだいとこ兄妹、近所の名前も知らないおばさんやおじさん、あるいは、あの海や山までを、あの頃のように愛せるのだろうか？　私はあの頃、純粋に自分よりもそういった人たちに幸せになってほしいと願っていた。今のような研究を始めたのもその時の体験が大きい――いや、それがすべてと言ってもかまわないと思う」

「あなたのそういう反省的なところ好き」

妻は言った。そして、私は幸せよと言った。

私は再び窓越しに海のほうを眺めた。

昔、叔父の屋敷の窓から眺めていた海と変わらなかった。嫌が上にも当時の記憶がよみがえってくる…。

あの麦茶には砂糖が入っていたのか否か、それが問題なのだ。

私はそればかりを心の中で反芻していた。すると海の色までこげ茶色に見えてきたのだった。

「どうかしたの？」

しきりに目をこする私に妻は尋ねた。

「すまん。なんでもない」

私は我に帰って、

「ちょっと麦茶が気になっただけだよ」

と言った。

「え？　なんです？」

妻は不意をつかれた形となったようであった。

「本当を言うとね、これは恥ずかしくってとても君以外には言えんがね、叔父の家にあの麦茶がまだあるのかどうか、そればかりがさっきから気になっているんだ」

「麦茶ですって？」

妻は首をかしげた。

「昔、夏休みの間あの家に泊りに行っていた頃、冷蔵庫にいつも麦茶が冷えていて、よく勝手に引っ張り出して飲んでいたんだよ。それでその麦茶が甘かったんだ」

私がそう言うと彼女は笑顔になった。

「それはつまり、砂糖が入っていたのね？　稀にそういう飲み方をする家庭が

――」

「いや、そうとばかりは限らないんだ。確かに当時の私の友人たちの間でも砂糖が入っている麦茶があるというのはひそかにささやかれていた。だが、違うんだ。そうではなくて…これはずっと後になって知ったことだがね、あの家にあった麦茶の中には神が宿っていたんだよ」

「まあ神様が…」

妻はびっくりして眉を吊り上げた。

「それで、どんな神様がいたの?」

「すまん、うまく説明できないが――」

私は少し考えて、

「BMWも大学教授も銀座や世田谷もあの麦茶にはかなわんってことだけはいえる」

そう言うと、ラッキーストライクの箱を取り出して一本抜き出した。

「お仕事のことを考えていたの? また本作りが始まるとか…?」

妻は期待と不安の入り混じった表情を浮かべた。

「いや、そういうわけではないんだ。純粋に麦茶の問題だね。決して解決することのない――永遠にして永遠なる微妙な麦茶問題さ」

私はこのさきずっと未解決のままであろうことを強調するようにそう言った。

「叔父さんと――ええ、そうね…亡くなった叔母さんも、二人ともがっかりするわよ。四十二歳のラッキーストライク男がやって来たと知ったらね。二人ともあなたの小学生の頃の姿――ねえ、あなたが神の子のように無垢で素直であった頃の姿しか知らないのよ。せめてこの町にいる間だけ神の子になりなさいよ。その麦茶を飲んだのでしょう？　永遠にしてその場的な解決としてまずタバコをおやめになったらいかがです？　Dr.サマーヴァケーション」

妻はここぞとばかりに禁煙を促した。

私は不意をつかれ、思わず笑みをこぼした。そして吸おうとしていたタバコを箱に戻した。

こうして私たちは店を後にし、叔父の屋敷へと向かった。

三　スマートフォンダマシ

私の差し向かいに座っている女性は明らかにセレブであった。歳の頃は、おそらく私と一緒ぐらいか、あるいは少し年下といったところである。地下鉄の車内は、平日の昼下がりとあってかなりすいていた。車両の端の短いシートで私たちは向かい合って座っていた。この車両には私たちの他に、車両の真ん中のシートの中央で居眠りをしているサラリーマン風の男性と、私たちのいる反対側の端の短いシートに学生らしき乗客が一人、それだけであった。私は彼女がいつから車内にいたのか知らなかった。すいているにもかかわらず、乗車口のそばで立っている女性がいるなと感じるか感じないかのうちに、いつのまにか私の前のシートに座っていたのであった。彼女は背が高く、左肩から南京錠のような形をした皮のバッグがかけられ、薄手のブラウンのワンピースを着ていた。胸元のさりげないネックレスと右手の手首につけられたブレスレット、それに左手の薬指にはめられた指輪が、冬の夜空に現れた新しい星座のように輝いていた。下向き加減の黒い瞳は思慮深く、折に触れて何かを探すように動き回るその姿は悲しそうでさえあった。私は彼女を意識していた。視線が合わないよう気をつけながら、彼女の姿をちらっと見て、すぐに視線を逸らすということを繰返していた。彼女はこころなしか、そわそわした素振りを見せることがあった。このままではいつ彼女と視線が交差するかわかったものではない、あるいは、そうあってほしい――私はほどよい緊張に包まれていた。私は車両の後部に切られた小さな窓の縁に頬杖をついて横目で窓ガラスを見やった。向かいの彼女の姿が窓の中に映っていた。悩ましげな、伏し目がちの瞳が床に向けられていた。次の瞬間であった。彼女の瞳は明らかに私に向けられた。窓ガラスを通して彼女の姿を見ていると悟られたのではないか――私はとっさにそう感じた。彼女の表情はさきほどまでのおぼろげなものでなく、一点を見据えたときのしっかりとした表情であった。

大丈夫だ…。彼女の目に映じているのは、横の窓ガラスをぼんやりと眺める私の姿のはずだ。

しかし、いくら自分にそう言い聞かせても胸の高鳴りを抑えることができなかった。ほとんど恋心を抱いたときの動揺に近かった。私はさりげなく視線を車内に戻し、その戻す中の一瞬で彼女の生の表情を捉えようとしたが無駄であった。彼女は、私が視線を戻すが早いか、さっと視線を別の位置へと変えてしまったのだ。すると今度は、思い立ったように、南京錠のようなバッグの中を両肩をわずかに持ち上げながら探りはじめ、スマートフォンを取り出した。そしてまたあのさみしげな表情に戻り、スマートフォンを眺め始めた。私は彼女がスマートフォンを操作する右手の手つきに目を奪われた。人差し指と親指は立てて、中指、薬指、小指の三指は上品にカールして――それはまるで連なる山脈のようであった。画面上のページをめくるときにする手のしぐさ――五本の指のうち人差し指だけがなめらかに動き、親指を回転軸として手首を回す姿、また、ページをさかのぼってめくり返すときに画面を走らせる親指の動きに至っては、今度は逆に人差し指を回転の軸に添えていた。そして、画面上で微細な動きを要求されるときの彼女の中指の動きに、私は目が釘付けになった。その中指は立てたままの人差し指の横で、まるで夫である人差し指に永遠の貞操を誓った妻であるかのように、奥ゆかしく細々とした仕事をそつなくこなしていた。これほどまでに完全な形をとどめたスマートフォンダマシは今まで見たことがなかった。私は思わず立ち上がって彼女のところへ行った。

「失礼ですが、そのスマートフォンダマシを私に引き取らせていただけないでしょうか?」

私が唐突にそう言うと、驚いたことに彼女は日の当たらぬ地下鉄の車内には似合わぬまぶしい笑顔を送ってくれた。

「あなたの言っていること、よくわからないわ。でも、あなたが悪い人ではないってことはわかるの」

彼女はとなりへどうぞと言ってくれた。私はそうさせてもらった。

「昆虫界にはテントウムシダマシという虫がいまして、こいつは一見テントウムシのような形をしていますが、よく見ると背の模様が七つではなく二十八もあり、色も赤ではなくて黄土色をしているんです。つやもテントウムシほどありませんね。要するにテントウムシに似せることで人間の目をくらませ、畑に植えられた野菜をばりばり食べてしまう悪い虫でしてね——」

「まあ、するとテントウムシって良い虫なんですか?」

彼女は私の話を熱心に聞いていた。

「ええ。野菜などにつくアブラムシを食べる、まあ業界用語で言えば益虫ってやってでしてね――失礼しました、私は博物館の学芸員をやっておりまして、それが主として昆虫類や植物類を扱う博物館なんです」

私は名刺ケースを取り出して一枚を彼女に差し出した。

「ご迷惑でなければお納め下さい」

彼女は私の名刺をじっと眺めてから、

「私のいとこにも学者さんがいまして、あなたもそういう方だろうなって、さっきから考えておりました。何となく本の雰囲気が漂っているような気がしたもので…私も昔から本を愛することにあこがれているんですが――安易なものに流されてばかりで、未だにできていませんけれど」

「博物館の学芸員はどちらかというと収集と保存を専門とする者でして、学者と言えるほどの代物ではないかもしれませんが――そのはしくれくらいに考えていただければ幸いです」

「スマートフォン…ええと、スマート…」

彼女がさっき私の言ったことを思い出せずに困っている様子なので助け舟を出した。

「スマートフォンダマシです。スマートフォンにとりつく虫です。昨今われわれ昆虫を扱う者の間で問題視しているものです。あなたの手つきがそれです」

まあ、と彼女は驚くでもなく喜ぶでもない中性的な声を上げた。

「私の手はそんなに悪いのですね？」

「いえいえ、そういうわけではありません。あなたの手は細くて長い。なんて美しいのでしょう。問題はスマートフォンを操作するときの手つきなのです。あなたの手は美しい。美しいがゆえに、その反動として形成されるスマートフォンダマシは恐ろしいのです。テントウムシは美しい虫です。それがゆえに、テントウムシダマシは恐ろしくなったのです。それと同じことです」

「何だか怖いわ」

彼女は肩をすくめた。

「怖がることはありません。これでも私はあなたに良い知らせを告げているのです。あなたのスマートフォンダマシは完全です。それはあなたの手が美しさの上で完全であるということを意味しているのです。何なら、スマートフォンをお使いになるのをおやめになればこの虫が再びあなたの前に現れることはありません」

彼女は少し考え込んでいた。

「こんなものちっとも好きじゃありません」

私は伏し目がちにつぶやいた彼女のほうを見た。彼女はスマートフォンを左手でもてあそぶように触れ回っていた。

「すみません。私が余計なことを言ったばかりに――」

ややあって、私がそう言いかけると、

「私の話をしてもかまわないですか？　それとももうお降りになるとか？」

彼女は尋ねた。

「私でよければぜひあなたのお話をうかがいたい。今日は博物館が整理日と称する休日なもので、そういう時はこうして考え事をするために、すいている時間をねらって電車に乗ったりするんです。こういうことっておかしいでしょうか？」

彼女は首を振った。

「私もそうですわ。いえ、そればっかりです。あなたは立派なお仕事をなさっていらっしゃるから、お忙しい合間を縫って過ごされる電車の旅は有意義なことなのでしょうね？　私のような主婦は普段から大した仕事をしておりません。家事なんて毎日決まって同じことをやるだけですものね。だから電車に乗っていてもあまり楽しくありません。でもそれくらいしかやることがありませんから――

仕方ないんです」

「何かご趣味とかはお持ちではないんですか？」

私は尋ねた。

「ええ、以前はいろいろやっておりました。スポーツジムに通っていた時期もありましたし、英会話やハーブティの講座、最近まではフラダンスをやっていました。そうそう、ブログを書いていたこともありましたっけ――でも今となってはどれもやっておりません。飽きっぽいんです。結婚が早かったものでして、こういった趣味の類も早くから始めてしまって、まあ、だから早く終わってしまったってことでしょうね」

彼女は寂しそうな笑顔を作った。

「スマートフォンも、あなたにとってもう終わりに差し掛かっているということですね？」

私がそう言うと、メールを受信したらしく、何となくそこで話が途切れ、彼女はスマートフォンと再び対峙した。私はシートに身を沈め、彼女のその姿を横で眺めていた。画面を操作するあの手つき――間違いない。彼女のスマートフォンダマシは完全であった。これに出会ってしまったからには、これまで私が見てきたスマートフォンダマシはすべてみじめな不完全体であったと認めざるをえない。親指以外の四指がだらしなく広げられ、親指だけが不器用に動きまわるやつや、人差し指の力が必要以上に入りすぎていて、画面を削るような痛々しい動きをするやつ、あるいは、彼女のような手つきに近いものであっても、動きがなめらかでなくぎこちなかったり、中指、薬指、小指のカールの仕方が整然としすぎていて不自然であったり、と。スマートフォンが世に登場してさほど月日が経っていないせいであろう。私は複雑な思いを隠せずにいた。胸騒ぎさえした。完全なスマートフォンダマシが現れてしまった。彼女の手は美しすぎた。彼女自身——そう、美しかったのだ。私は学者のはしくれとしての自分と、一人の男としての自分、その窮屈なはざまに立たされていた。

「友人からメールが来てしまって。来週、丸の内のフレンチでランチをしないかって」

彼女はスマートフォンから顔を上げ、私にわびるように軽く一礼した。

「丸の内のフレンチでランチ。いいですな。あなたと丸の内は、オードリー・ヘップバーンとローマの関係のように素敵です。とってもお似合いですよ」

彼女の表情は少し曇り気味であった。さきほど私が声をかける前に見せていたあの悲しそうな表情に戻っていた。

「丸の内を歩いていると、私、自分がどこにいるのかよくわからなくなることがあるんです。友達が誘ってくれるから行くんですが、一人では行きません。若い頃はそれでも有楽町で食事をして、丸の内ブリックスクエアのジムで汗を流して、そこでランチをする、これを一人でこなしていた時期もありましたけど、今はもう——」

「スマートフォンも丸の内も、あなたにとって終わりが近づいているということなのですね?」

私はそれとなく尋ねた。

「ええ。英会話やハーブティやフラダンスが終わったのと同じように」

彼女はそう言って、思い立ったように身を乗り出して、

「ねえ、あなたは——あなたを通過しないであなたにいつまでも留まっているものをお持ちですか?　そういうものがあるならぜひ教えていただけませんか?　私、そういうことができるかたってとても尊敬しているんです」

と言った。

「私にあるのは仕事だけです。ですからどこにでもいるつまらない男なんです。

私には妻がありますが、子にはまだ恵まれておりませんので、失うものが多いわりに、大切なものを持ちにくいという難しい時期にあるのです。長い人生ですから、そういう時期があっても仕方がないとあきらめてはいるんですがね」

私はそう言ってため息をついた。

「そういうことって私もわかります。私にも主人がありまして、娘が二人おります。私は結婚が早かったもので、上の娘はもう中学生なんです。下の娘はまだ……いえ、私にとってはもうって感じなんですけれども、幼稚園の年中組さんなんです。子供が母親の手を離れてゆくって本当にさみしいことですね…。あら？私たち何の話をしていたのかしら？　あなたとお話していると今日初めて会った方だとはとても思えません。私のことばかりいっぱい話してしまって、迷惑じゃありません？」

迷惑ではありません、と私は言った。

「私も同じように感じていました。あなたとは昔からの知り合いのような気がしてならないのです」

電車が銀座駅のホームに滑り込むように入っていった。私は彼女がここで降りてしまうのではないかという何の根拠もない不安にとらわれた。しかし、彼女は銀座のホームにはまったく見向きもせず、駅に到着したことすら気付いていない様子であった。

「どういうわけか、あなたってとっても話しやすくって。本当にごめんなさい。しゃべりすぎているわね、私」

　電車が発車すると、彼女は再びそう言った。

「それはこちらのセリフですよ。あなたと話していると日常の嫌なことがどうでもいいことのように思えてくる。あなたをお見受けしたとき、普段着姿の女優さんかと思いました。私なんかではとうてい手の届かない女性だと感じましたよ。ところがこうして私はあなたと話をしている。それ自体が私にとって奇跡のようです」

　そう言うと彼女は照れくさそうに頬をほんのりと赤く染めた。

「普段着姿の女優さんだなんて…私には眩し過ぎる言葉です。うまく言えませんが、私はあなたのことを正直そうな人だなって感じましたよ」

　ありがとう、と私は言った。

「あなたの奥様は幸せなんでしょうね」

　彼女は唐突にそう言った。

「どうでしょうね。結婚して十年も経ちますからね」

私は苦笑いした。

「奥様を愛してらっしゃる？」

彼女は尋ねた。私は少し考えて、わからないとばかりに首を振った。

「妻を愛しているかどうか——簡単なようで難しい問題です。少なくとも若い頃私たち二人の間に確かにあったロマンスのようなものはありませんね。そういうものでいたずらにつながろうとすると、却って二人の間に透明な隔たりを確認するだけなんです。私たちは幸い、私の仕事柄、極端な残業はありませんから、一緒にそろって食事もするし、リヴィングで過ごす時間も多い。旅行にだって出掛けます。それなのに、透明なものに色はつかないのです」

「透明なものに色がつかない」

彼女は私の言葉をかみ締めるように繰り返した。そして一つ長い息をつき、話を継いだ。

「私の主人は商社に勤めておりまして、海外出張が多いものですから、私たち、顔を合わせることがそう多くはありません。あなたとちょうど逆ですね。ですから不思議なんです。そうやって夫婦で一緒にいる時間が長いのに透明なものに色が付かないだなんて…人生って残酷だわ。あなた方が透明なものというのなら、私たち夫婦の間には透明よりもさらに色の薄いものが横たわっているのだと思います。きっとそれは言葉には属さないものなのでしょう。私が歳を取ってしまったからなんでしょうか？　主人は私に興味がないんです。私も、主人と顔を合わすと、もう無理！　っていう拒否反応だけがこみ上げてきてしまうんです。私たち完全に打ち止めなんです、どうにもならないんです」

「あなたに魅力がなくなったという点は間違っていると思います。あなたほど魅力的な方はそういないと思うのです。あれほどのスマートフォンダマシがあなたのもとに現れたのが何よりの証拠です。あなたが――」

　私が弁解口調でそう言いかけると、

「私は白金台というところに住んでいるんです。別に私は白金台なんか好きじゃありません。何か具体的なイメージを結べる場所ではないんです。ああいうところに住む以上、三ナンバーの外車に乗って、清楚なホワイトの吹き付けの壁面をもつ家に住んで、ウッドデッキとオランダレンガの花壇とオリーブのあるガーデンを持って、ナチュラルな家具とかわいらしい雑貨に囲まれて暮らさなければならないんです。こういうものって、いくら揃えてもキリがないだけなんです。ベーグルの真ん中にあいた空間はいくら考えてもベーグル本体には無関係ですよね？　いっこうベーグルを構成するには至りません。それと同じです。白金台の真ん中にもきっとベーグルのような穴があいていて、そこばかりを見つめているからどこまでいっても白金台のイメージは抽象的なのです。でも白金台という街ではこうでなくてはだめなんです。私は何の意味もないことばかりを追いかけてきたのです。道のない道を歩いてきてしまったんです」

と矢継ぎ早にまくしたてた。

「お子さんがいらっしゃるじゃありませんか？　それも、お二人も。それなのに何の意味もないというのは言いすぎではないでしょうか？」

私は彼女の調子に合わせて思わず早口にそう言った。

「ええ、そうですね。子供がいる」

彼女はその考えで少し落ち着きを取り戻した様子であった。しかし、すぐに厳しい表情になり、

「まもなく私は四十代に入ってゆきます。この先どうなるかわからない年代です」

と言った。

「そうでしたか。そうだとすると私とほぼ同年代ですね。私にもあなたのその不安がなんとなくわかります」

「四十代って、『永遠に無限な暗闇』って感じがして怖いんです。夜中に真っ暗な部屋の中で目を覚ますことがあったりすると、その『永遠に無限な暗闇』に含まれてしまったと思い違いをして気が狂いそうになることがあるんです。その中をすでに百兆光年も歩いていて、それでもどこにもたどり着かない。どこにも着く見込みはまったくない。目的も、いや、道すらない暗闇を一人で永遠にさまよっているって――。いけない、私ったら…今までこんな話、誰にも話したことないのに…。ごめんなさい、退きますよね、普通、こんな話を聞かされたら――」

そんなことはないです、と私は言って首を振った。

「あなたのお話きかせていただけますか？　お仕事のお話とか、ご両親のお話とか、ご趣味とか」

彼女は唐突にそう切り出した。

「仕事の話はこれといったことはないですね。珍しい昆虫や植物を集めてきて、中長期的な展示に耐えうるような保存状態を作り出すだけです。展示が終わればまたどこかへ珍しい昆虫や植物を集めに出掛け、保存する。これの繰り返しです。

あなたがなさる家事と一緒ですよ。掃除と洗濯を繰り返しやる代わりに、収集と保存を繰り返しやっているだけです。厳密な意味で、私のやっていることとあなたのやっていることの違いがわかりませんね、私には」

「あなたって、優しいんですね。私と目線を同じくして話して下さってるってわかります。こんな一介の主婦でもそれくらい——」

そして、少しいたずらっぽい顔になって、

「ねえ、私たち、ずっとこのまま電車の中で話し続けたら、どこへ行ってしまうんでしょうね」

と言い、電車の進む方向をそれとなく見やった。

「どことも知れぬ場所でしょうね」

私はそう答えた。

彼女は狐につままれたような顔をした。それから目を細め、車窓の向こう側に広がる暗闇をぼんやり見つめていた。

「何というか…そういうはっきりしない場所へ具体的に向かう電車に乗っているって考えると気の遠くなるほど不思議な感じがします」

そして一つ息をついて、独り言のように、

「本当にそうだったらいいのに…」

とつぶやいた。

「すみません。実を言うとこれは私の言葉ではなく、ジョン・ガーフィールドという俳優が映画の中で言うセリフの受け売りです」

私は彼女のそんな様子にかすかな胸の痛みを覚えて言った。すると彼女はくすっと笑った。

「第一印象のとおりだわ。あなたって正直者なのね。黙っていれば、私、てっきりあなたが考えたセリフだと思っていたのに」

そして、映画は詳しいんですか？　と尋ねた。

「私は幼い頃に母親を亡くしたものでして、労働者であった父とつつましやかに二人きりで住んでおりましたから、仕事帰りの遅い父親を待っている間一人で家にたくさんあった映画のビデオを観たり、本好きだった母親の本棚から小説とかを引っ張り出して読んで過ごした時間が非常に長かったもので、そういうものに自然と詳しくなってしまったんです」

彼女は興味深げな顔をして、何かお勧めの本があったら教えてほしい、と言うので、フロイトを読むことをお勧めします、と私は答えた。

「名前ぐらいは知っていますが、何だかひどく難しそうで私には読めないのでは…」

彼女は言った。

「大丈夫です。あなたなら読めますよ。私に読めたんですから」

私は言った。

「お母様を早くに亡くされたのですね？」

本の話に一区切りがついたところで彼女はそう尋ねた。私はうなずいた。彼女はどこを見るでもない目つきをした。

「私もつい先ごろですが、母親を亡くしたんです。そうなんですか、そんなに早くに…」

彼女は真正面に映る電車の窓ガラスに目を見据えていた。

「あれからもう何十年も経っていますから…あなたもお母さんを亡くされたんですね？」

彼女はうなずいた。

「後悔がつきまといますわね。親の死って」

彼女は言った。

「ことに母親であればなおさらでしょうね」

私は言った。

「あなたもあの時ああしておけばよかったたってお思いになることがあるんですか？　今でも？」

そういうことばっかりですね、と私は言った。

「私ほど親不孝者はいないと思うわ。私たち、結局何も分かり合えないまま、お母さん、逝っちゃった。私の平凡な、おかしいくらいちっちゃなミスで始まった親子問題だったの。私がまだ高校生のときに、友達を私のおうちにたくさん呼んだときのことよ。そのとき、友達が夕食の時間になってもまだ帰らなかったものだから、お母さんが私の部屋にやってきてピザでもとるから食べていきなさいって私たちに言ったの。それだけでは体に悪いからスープやサラダを作って用意したなんてことも言うのよ――あら、いけない、私、いつの間にかあなたに対して友達のような口ぶりで話していましたわ」

「あなたとお友達になれるなら光栄ですよ」

私はそう言って、話の続きを待った。ありがとう、と彼女は言って、話を続けた。

「まさにそのとき、私とお母さんのその後を左右する転換点が訪れたの。私はなぜかお母さんの善意を汲み取れず、というよりもそういう考えを生理的に受け付けられなくて、ものすごい剣幕で怒鳴ってしまったの。私、そのとき、ほっといてよ！って、お母さんを睨みつけたの。お母さんとしては当然どうしてそんなことを言うのかって戸惑うわよね。そのときの私ったら、友達の見ている前で、つっぱっている姿を見せつけたいという衝動に駆られてしまったの。その時期の私って、友達同士の仲がとっても大事で、そこで主導権を取ったり、ちょっと大げさな言い方をすると英雄でありたいって気持ちが異様なまでに強かったの。私は自分の親さえも自由自在に操れるんだってことを理不尽な叫びとともに友達に暗に知らせたかったのだと思う。この叫びが引き金となって、その後、それはもうまるで嵐のような罵詈雑言を浴びせてしまったわ。お母さんはわけがわからず、パニックになりながらも私に謝ったりして、私は私で自分でもどうしてそんなに激しく憤っているのかわからず、だからといって、友達の手前、始めたからには後には引けないっていう感じで。でも実は、この私の大失態の中には、もう一つの要素が絡んでいるの。私の実家って、海のそばののどかな港町で代々農業を営んできた家系なんだけど、私の両親と私たち兄妹のほかにお父さんの父親、つまり、私から見ておじいちゃんってのが一緒に同居していたのよ。今考えるととっても傲慢で、脚が不自由で思いのままに体が動かないのをいいことに、私のお母さんをこき使うのよ。それも徹底的に。お母さん、おじいちゃんに尽くしていたわ。それでも気に食わないことがあると、お母さんに当り散らすのね。まあ、こういう話は私の実家だけじゃないから、このへんでやめることにするけど、問題はそれを横目で見ていた私の態度なの。おじいちゃんにこてんぱんにやられて、無抵抗な母親が一人で打ちひしがれているところを何度も見かけたわ。誰もいない部屋の鏡台の前で泣いていたこともあった。そういう母親に対して私、小さな声で、馬っ鹿じゃない、って掃き捨てるように言い放って歩いていたの。お父さんとお兄ちゃんは、まるでお母さんとおじいちゃんの問題に立ち入ろうとしない。見て見ぬふりってやつ。この二人の残酷さを、私、それとなく、でも敏感に感じ取っていたのね。それなら、私もって…心で刃物を構えたのよ。私たち一家はみんなでお母さんに対して卑劣な鬼畜と化してしまったの。そういうところが原因としてあるのよ、あのピザ事件の背後に。あのときなぜか、友達に奉仕しようとしている姿がおじいちゃんに奉仕している姿と重なってしまったのね。お母さんが友達に優しさだけでそう言ったのに、友達がそれを裏切るんじゃないかっていう疑心暗鬼に、私の心は猛烈なまでに支配されてしまったのよ。だから本当は母親に腹が立ったのではなくって、友達に腹が立っていたの。お母さんの善意を裏切ったわけでもない友達に対して！　まったくやり場を失ってしまった私の激情は、理不尽にもお母さんにぶつけられてしまったの。それからよ、それからなのよ、もう、いや…こんな話しちゃいけないわ。ごめんなさい…」

　彼女は意気消沈してしまった。

「いえ、大事な話ですよ、あなたにとってとても大事な話ではありませんか？　だから私にとっても大事な話なんです。私でよかったら話の続きを聞かせてもらえませんか？」

　電車はどこかの駅のホームに入っていった。人の気配を感じない奇妙な駅だった。虎ノ門あたりかと思って電光掲示板を見たがそこに駅名は記されていなかった。ホームを見渡すと乗客はおろか駅員さえ見あたらなかった。電車のドアがあいた。乗ってくる客はなかった。ふと車内を見渡すと私たちのほかに乗客はいなかった。気付かぬ間にどこかの駅で降りたのだろうか？　ドアが閉まり電車はゆっくりと動き出した。再び車窓の向こうに地下の暗闇が戻って、彼女もそれに合わせるようにして話を始めた。

「それからというもの、私はお母さんを嫌いでなければいけないっていう、自分でも思いも寄らぬ生き方を選んでしまったの」

彼女はそれだけ言って一度言葉を切り、呼吸を整えた。

「私が大学に入ってすぐの頃、おじいちゃんが亡くなってしまい、今度は私がおじいちゃんの役目を引き受けてしまった。普段はほとんど無視。仕方なく話さざるを得ないときは全て攻撃的な態度と口調でお母さんにあたったわ。お母さんが私と接するとき用に独特の早口と気ぜわしさを備えてしまったのは当然のことだと思う。私が話を聞かずに素通りしてしまうから。そんなことをずうっとやってきてしまった。そして、お母さんとは何一つ築けずにあの日が来てしまった。お母さん、病気で倒れてしまったの。私はその頃、結婚して実家を後にしていたから、それを聞きつけてあわてて戻ったわ。病院に着いて、体のあちこちに管を通されたお母さんが瀕死の状態でベッドに横たわっていたの。私、その姿を目にしたとき、腰を抜かしてしまったわ。立てなくなってしまったのよ。立ちようにも全く立てない。でも涙は不思議と出なかった。どうしてかしらね」

彼女はそこまで話して言葉を切った。

「何といったらいいのか…それでお母さんはそのまま——」

彼女は首を振った。

「それから息を引き取るまでの五年間、一度も病院の外の陽の目を見ることはなかったわ。納屋の脇で倒れているのを兄が発見したとき、かなりの時間が経っていたんだと思う。病は彼女の自立機能を深くえぐってしまった。お父さんが献身的に尽くしてくれたのは本当にうれしかったわ。毎日のように病院通いをしていた。一度は流動食を食べられるまでに回復した頃もあって、そんなお母さんに、お父さん、おそらく聞こえていないにもかかわらず、やさしく声をかけながら車椅子を押していたわ。私、それだけが救いなの。いいえ、誇りと言ってもいいわ」

「その頃のお母さん、幸せだったでしょうね」

「幸せだったと思うわ」

二人の間に沈黙が横たわった。

静かだった。車内放送もなく、電車の走る音さえしなかった。私は車窓の外を見た——暗闇に次ぐ暗闇を縫って走っているのがわかった。電車は確かに走っている。それにもかかわらずいっこうに次の駅に着かなかった。どれくらい時間が経ったのか、私たちは今どこにいるのか——とんと見当がつかなかった。

「あなたはお母さんを終始変わらず本当に愛していたんですね」

私は沈黙を破るようにそう切り出した。

「今話したでしょう?　私は鬼になってしまったの」

彼女はあからさまに声を荒げた。沈黙の間に彼女の感情は直立する炎のように高まっていたのだ。

「人間というのは、ひとたび鬼になると鬼としてしか生きられなくなってしまうの。どうして——」

感情を抑えきれずにいる彼女にかまわず私は言った。

「あなたはお母さんを終始愛していたと思います。一時期でも、いや、一瞬でも、お母さんに対して鬼になったことはないと思います。あなたのお母さんに抱いてしまった歪んだ憎しみは、その裏側に潜む強い愛があってのものですよ。あなたのお母さんへの愛は本物です。これほどまでに母親に対して愛を抱いた方と私はお会いしたことがない。あなたがどんなにお母さんを強い憤りの上で憎んでしまったとふれてまわったところで、それは却って、その反動として存在する愛が美しく光り輝いている証拠なのです。あなたにとりついてしまったスマートフォンダマシが恐ろしいまでに完全なのは、その裏側にあなたの手の狂おしいまでの美しさがあるからではないですか」

彼女は口を手で押さえていた。

「お母さんは私の本当の気持ちをわかっていたのでしょうか?」

彼女は震える声で尋ねた。私はうなずいた。

私は彼女の手を――スマートフォンダマシではなく、彼女の手をそっと握り締めた。

彼女は頬に涙を伝わせながら私の方へ静かに寄り添った。

四　Dr.サマーヴァケーションの手紙
――キョウナへの返信――

拝啓　お手紙、拝読させていただきました。

電子的なメールばかりが横行している近頃において、直筆の手紙ほど心が温まるものはありません。

ありがとうございました。

それと、いつも拙著をお読みになっていただいているとのこと。

感無量の喜びと言いたいところですが、本音を言いますと気心知れた竹馬の友の目が通るのは怖くもあり、面映くもあります。

それでいて、本当に読んでいただきたいのはあなたのような昔なじみの方なのですから困った商売です。

もし次作を書くような機運に恵まれましたら、そのときは本ができ次第こちらからお送りいたします。ご迷惑でなければそうさせてください。

もしかしたらこの手紙が着く頃にはあなたの里帰りは終わっているかもしれませんね。

返信が遅くなってしまった無礼をお許し下さい。

あなたから手紙をいただいてからというもの——このひと月ほどの間ずっと胸中もやもやの状態で、朦朧の日々を過ごしておりました。

弁解するわけではありませんが、決して返信を怠けていたわけではないのです。

その間、幾度となく筆を執っては折り、執っては折り…を繰り返しておりました。

お手紙に「私のこのたびの里帰りは学問的に見て夏休みと言えるのでしょうか?」とありました。

察するところ、叔母さん、つまりあなたのお母様の介護のために帰られるとのこと。

ご安心ください。

まぎれもない、りっぱな夏休みです。

人はみな幼少期に夏休みを経験しますね。

池で魚を取って水槽で飼ったり、虫を捕まえてかごの中で育てたり、朝顔などの植物を栽培したり、あるいは動物の面倒を見たり――。

そこでちょっと考えてみてください。

これらはみんな何かのお世話をしていると思いませんか？　つまり、夏休みとはお世話の期間なのです。それが時には虫であったり、時には人であったりするだけです。お世話を通じて何かを学ぶ、これが夏休みの本質です。

ですから何も心配するには及びません。

あなたはきっと叔母さんのお世話の中から何か大事なことを学び取るでしょう。

もっともあなたがすでに里帰りを終え、ご実家を後にされていたらこの限りではありませんが（笑）。

さて、どこから話したものか…。

そうそう、ずっと以前のことですが、それこそ何年も前――あなたはご存知かどうかわかりませんが――叔母さんがご病気で倒れられてそれほど月日の経たないある日のこと、あなたのお兄様と電話でお話しする機会を得たことがありました。むろん、叔母さんのご容態についてです。

なかなかそちらにお見舞いにいけないことを詫びると、あなたは仕事が忙しい身であるから母のお見舞いだけのために田舎まで出てくるなんて難しかろうとお兄様になだめられましたが、そんなことはまったくありません。

仕事が問題ではないのです。

無論、忘れていたとか見て見ぬふりをしているとかいった類の低劣な問題でもありません。

何か、のっぴきならぬ力が私をあなたのお母様から引き離しているのです。

まだ会ってはならないという想いが胸中にいつもあったのです。

その想いを作り出しているイメージは、胸の裏側のほうで静かに息を潜めているので、これまでそれが一体何なのかわからずにいました。

ちょっと話を変えましょう。

あなたのご実家の冷蔵庫にはいつも麦茶が冷えていましたね。

砂糖の入った麦茶がある——当時、子供であった私たちの間で、それはある種の伝説じみたうわさ話としてささやかれておりました。

そして、あなたのご実家にあった麦茶は甘かったのです。

ちょっと待って、それは間違っているとあなたは言われるかもしれない。

そうなんです。

もしかしたら、あの家にあった麦茶は甘くなくて、普通の麦茶だったかもしれないのです。

あなたにとってはうちで作っていた麦茶は砂糖なしの普通の麦茶だったということは何とも馬鹿馬鹿しい、分かりきった自明の理でしょう。

現に、あなたのお母様に砂糖の入った麦茶に出合えた感激を告げると、きょとんとした顔をしていました。

その後私が、やっきになって他のご家族の方に触れ回ったのを憶えておりますでしょうか?

それで、みなさん、やはりきつねにつまれたような顔をしていたのを憶えておりますでしょうか?

私は改めて宣言いたします。

私にとってあれはまごうかたなく、動かしようもない事実として、甘い麦茶だったのです。

代々農業を営んできたあなたのご実家はそれはもう大変なお屋敷で、深閑とした森に囲まれていて、庭には落ち葉でこしらえた堆肥がうずたかく積まれ、巨大な桜の枝が天を張り巡らし、戸の外れた納屋の奥には冷然とした暗闇が口を開けていました。

土間から屋敷の中に入ると、襖続きの和室群、床の間、間口の広い縁側、長い廊下に添って作られた厠、太くてつやのあるケヤキの柱、天井の木目…。どこも畏れるところのない近代住宅に住んでいた私にとって、それは内と外との境のはっきりしない、油断のならぬ、あけすけの感覚でした。

しかし同時に、これはきっと正しいことなのだろうと子供心に感じておりました。

そして最も畏怖の念を抱いたのはあの麦茶だったのです。

その中に、私が畏れているものの全てが凝縮されて含まれている——まったく論理的ではありませんが、感覚としてそう感じておりました。

夏休みの間、あなたのご家族のみなさんは本当に私に優しくしてくれました。

特にあなたのお母様の愛情を、まるでそれが皮膚にあたるような感覚として憶えております。

他のご家族の方々にもそれが伝染したようで、家族の中でのご自分の立ち位置にふさわしい最高の愛情を私にもたらしてくれました。

ただし、あなただけはのぞいて…。

そう、あなたは私に対して大変辛く当たった。

あれはもはや攻撃だと言っても言い過ぎではないでしょう。

私の行く先々にあなたは罠をこしらえた。

私にあてがわれた部屋の椅子に画鋲が置かれていたり、あたかも私がやったかのように廊下にあった大きな本棚から本を（あなたは私の読みそうなものをわりと早く察知したようで、その手の本を）引き摺り下ろして散らかしてみたり、と手練手管を尽くして私を落としいれようとしましたね。

でも、決定的なのは、叔母さんの洋服箪笥に隠されていた、いわば、へそくりを入れた封筒が私の部屋から中身を抜いて出てきたときのことでした。

あのときの夕食に行われた家族会議は当時の私としては大変な修羅場でした。結局、あなたの起こした有事はどれも、私の圧倒的な敗北で終わりましたね。

こんな言い方をしたことに、どうかご気分を悪くなさらないで下さい。この場を借りてあのときのあなたの罪を糾弾しようなんてつもりはありません。

そうではなくて、そんなあなたでしたが、むしろ私はあなたにもっとも惹かれてしまったのです。

あなたの悪事が私の手によるものとして明るみに出た時にはいつも、少し離れたところでちょこんと座っていたあなたにすぐさま目を向けましたが、その時のあなたの瞳――さかしい中にも、何か押さえがたい澎湃が静かに揺れているあなたの瞳に、私は表面に現れている行動とは違うものを感じたのです。

私は悔しくてたまらないのに、あなたに寄せる妙にすがすがしい気持ちが邪魔して、どう弁解したら良いのかわからず、ただあなたから離れたい一心で、涙で顔をぐしゃぐしゃにしながら、よく縁側から外へ飛び出したものでした。

あなたのご家族の方々はあんなことがあった後でも、私に対して愛情を注いでくれることに変わりはありませんでした。

ただし、それまでのものと違い、非常に抑制のきいた、峻厳と聳え立つような、きわめて高度な愛に変わっていったのです。

私は子供心にも彼らの愛が完全に向かいつつあることに何か重苦しさを感じるようになりました。

こうして私はいつしか――おそらく小学生の高学年に上がるころには、あなたのご実家に寄りつかなくなってしまったのです。


あれから何十年もの月日が経ちました。

幼い頃の記憶が相対化されるためには十分すぎるほどの年月が…。

あの麦茶は何だったのか？

私は何を畏れていたのか？

私はこの問題意識の上に立って、無我夢中で本を読み漁りました。

しかし、どれもこの答えを出してはくれません。

そういう作業に疲れきった私は、気がつくと、バイブルだけを何度も何度も読み直していました。

先のあなたのお手紙を受け取ったのはちょうどこの時期です。私の混迷は極限をきわめていました。

奇跡はこういうときに起こるのでしょう。

頭の中をうずまいていたおびただしい数のパーツがすべて無に帰してしまうまさにその瀬戸際で、突如としてそれらが一つの考えにまとまり始めたのです。


神様はどこかにいる。

どこにいるかは知らないが確かにいる。

しかし会ってはならないのだ。

もし会ってしまったら死ななければならない。

砂糖の入ったあの伝説の麦茶はどこかにある。

どこにそんなものがあるかは知らないが確かにある。

しかし出会ってはならない——。

いや、待て…ひょっとしたら…。

叔父さん一家がいくら否定してみたところで、私にとっては間違いなくあの麦茶は甘かった。
そうだ、あの麦茶の中には神がいたのだ！
私は神に出会ってしまったのだ！

なんと、麦茶の伝説と神がくっついてしまったのです。
そして続けざまに考えました。

あの頃の私は神を畏れていたにちがいない。
神とは愛の物語だ。
そうか…私は愛を畏れていたのではないのか？
現に、叔父さん一家の愛を畏れ、逃げて逃げて逃げまくっていたではないか。
いや、まだそれではすべてがわかったとはいえない。
知りたいのは具体的な神の姿だ。
誰か教えてくれ！
神とは一体なんなのだ？
具体的に神とは——。

すると今度は突然、ずっと昔、あなたからいただいた手紙を思い出しました。

あなたの結婚式の通知に添えて同封されたものです。

それはまるで暗い時空からこだましてくるようでした。

すぐにレターケースをむさぼるようにあさり、あのときのあなたの手紙を取り出しました。

古い証拠にその手紙は、いい具合のセピア色に色あせていました。

冒頭をそのまま引用いたします。まるでマリッジブルーを楽しんでいるかのような軽やかな出だしです。


「警告　深読み禁物！

つれづれなるままに書くつもりなので、どうぞ徒然草をサラダでばりばり食べるつもりでさっぱりとお読みくださいな。

前略
私って何をやらせてもこれというものを持ち得ないのよね。

そういうとこ、昔からずっと変わってないみたい。

「平凡な生活が一番」って、私のお母さんの例のお念仏、田舎暮らしが長くなるとこの——何と言えばいいのかわからないけど…この手の思想の境地に立たされてしまうのね、良くも悪くも。

繰り返し聞かされるものの犠牲になるのが子供ってものでしょう?

「平凡な生活が一番」は、私にとって「ダイヤモンドならティファニー」みたいなものね。

私を早めの結婚に踏み切らせたものがあるとしたら、それは「平凡な生活が一番」ってことになるのでしょうね。…」


思い出していただけたでしょうか?

問題の箇所はこのすぐあとに始まります。歌うような、とても不思議な一節です。当時の私にはそれが何なのかよくわかりませんでした。

「…私の住んでいる村って、農家や商店の人が多いでしょ?

田舎だからそれは仕方ないにしても、みんな同じおしゃべりを何度も何度も繰り返し私にするの。

近くに住んでいる分家のおじさんからは畑と田んぼの違いについて八十三回聞かされたわ。

何でも、畑は作物が吸い上げた養分を堆肥とかの形で元に戻してあげなければいけないみたいなんだけど、田んぼは常に水を張っているから養分を自己再生産できるらしくってその必要がないんですって。

口の両端につばをためながら、得意げな半笑いを浮かべて…ときどき理解に苦しむようなタイミングで肩をすくめたりして！

とにかく、もう私が聞いていようが聞いていまいがそんなのお構いなしって感じでしゃべるの。


今はもう息子さんに経営を譲ったけど、村で唯一の幼稚園の創立者であるおばあちゃんが私のうちの近くに住んでいて、回覧板なんかを届けたりすると、このおばあちゃん、私のおじいちゃんの若い頃の話をいっつもするのよね。

私のおじいちゃんって、とっても頭が良くって、当時としては珍しく大学を出ていたらしいのよ。

彼女の家へ行くと、りんごをむいてくれるのはうれしいんだけど、自分の話に節をつけるかのように、皮をむきながら、ことあるごとに私のほうへ包丁を振り向けるの。

話に夢中になりすぎているのね、きっと。

その話を聞いたのが合計九十二回、包丁の差し向けが計二百三十九回。

ああ、やっぱりいたかって思うかも知れないけど、いわゆる猫屋敷がうちのそばにあってね。ここのおばさんに猫の話を吹っかけられるのはとっても危険なことよ。

捕まったら最後、もう永遠に止まらないわ、あの猫のおしゃべり。

あそこに行くと、庭のあちこちに色とりどりの猫が、こちらを警戒しながら、微動だにせず座り込んでいるの。まるで何か宗教的な置き物のように。

私は猫をよけながら、猫缶の空き缶をよけながら、おばさんの猫の話をよけながらお使いの品を届けるの。

おばさんから聞いた猫の話の回数は百六十二回、庭に転がっている猫缶の空き缶の数は四百八十三缶、猫の数は二十四匹。

大手の証券会社で定年を迎えて、はるばる東京から私の村の隣町へ移り住んで、水道局の契約社員をしているおじさんがいるの。

この人が私の村の担当で、当然私のうちにも検針に来るんだけど、もうたまんないのよ！　うちのお母さん、人がいいものだからこのおじさんについついお茶なんか出してあげたりして、そうすると待ってましたとばかりに自分の息子さんの話をするの。

これがどうもまるで駄目男で、職を転々として、三十も半ばを過ぎているのに、何も手に職がつかないみたいなの。

横で話を聞いていると、いわゆる親馬鹿で、あいつはこういうところがだめだ、ああいったところもだめだって、息子さんの致命的な欠落部分をつまみあげてものすごく興奮しながらしゃべっているけど（その証拠に、お茶を飲み込むとき両手で茶碗をぎゅっと握り締めて、のどが絞めつけられるような、飲み込んでいるはずなのに逆に下からこみ上げてくるような、とっても狂おしいお茶の飲み方をするの）、息子さんが駄目になったのは奥さんと一緒になって甘やかした結果だということが、ひしひしと伝わってくるのよね。

この手の話って、私、本当に嫌い。数えるのだっていやだったわ。

でも、仕方なく言うけど、息子さんの話を聞いたのは五十三回。お茶を七十四杯。参考までに、息子さんの転職の回数、推定四十五回。

村の人たちはみんな繰り返し同じことをおしゃべりするのね。

もうまるでラップなのよ、ラップ。

そういう私だって――この村での生活が長かったせいね――気がついたらこのおしゃべりを何度も何度もするようになっていたわ。へんてこな身振り、手振りを交えながら。

おばさんやおじさんたちが、肩をすくめたり包丁を振り向けたり、お茶を飲み込むリズムに乗せてラップするように、私も、包丁や猫や猫缶をへんてこな身振り手振りでよけながらラップしてるのよ。

村ってラップして生きていくところなのね。

私、この村の人たちを正直言って愛せなかったけど、村はラップしているんだってわかったときから、なんか許せるようになったな。

村がラップする。これを「VILLAGE」って言うらしいの。

ただ、発音の仕方が普通と違うらしいのね。

どこにもアクセントをおかないルーズな発音の仕方で「VILLAGE」。「HOUSE」を「家」の意味で発音するときと、音楽の一ジャンルとして発音するときとでは違う読み方をするじゃない？　それと同じことみたい。…」

私はあなたの手紙の一節を読み直して、思わず膝を床についてしまいました。神の正体はVILLAGEだったのですね！

私はラップの身振り手振りで、あなたがたご家族の愛をよけていた――ただそれだけのことだったのです！

私は急に肩の力が抜けてその場で笑ってしまいました。そしてすぐさま机に向かい、あなたに向けて筆を執りました。今度こそ、と晴れ晴れしい気持ちで。

そして今、こうやって一気呵成に書き上げることができました。もしあなたの目がここにありましたらそれに勝る喜びはありません。

窓の外には夏の到来を告げるきれいな晴れ間が広がっております。

二〇一一年七月某日、叔母さんの恢復を祈って

Dr. S

五　死

叔母の訃報を受けたのはこの手紙を送って五日後のことだった。

エピローグ

結局、キョウナへの返信の中でスマートフォンダマシについて触れることはなかった。最後の最後まで考えたが筆が動かなかったのだ。

彼女の手紙を読んで目を丸くしたのは——彼女の予想を裏切って——差出人の名ではなく、この虫のエピソードであった。ほとんど青天の霹靂といった呈であった。

私は彼女と同じ夢を見ていたのだ。それもほぼ同時期に。

夢の中で私は昆虫学者であった。

その昔叔父の家で滞在している間、無我夢中で虫を追いかけまわしていた。少年期によくある話だが、末は博士になるぞと本気で考えていたものだった。

それから何十年も経って、研究領域こそ違えども私は今こうして学者になった。あの頃の夢を半分は果たしたのだ。もう半分をあのスマートフォンダマシの夢の中で叶えたのだ。


私と妻は予定よりも大幅に早く斎場に着いてしまった。

「叔父さんの家に寄りたい。ここからそう遠くないから」

私は妻にそう言って、一緒に誘ったが、

「あなた一人で行きなさい。あなた固有の問題なのだから」

そう言って片目をまばたきし、車を颯爽と降りて建物のほうへと歩いていった。

斎場は大理石で造られた荘厳な建物であった。きれいに刈られた芝生がところどころ築山形に盛り上がっていた。奥には広大な敷地の林が広がり、草木が夏の日差しを受けて輝いていた。林の散策口と思われるあたりから喪服を着た初老の男女が出てくるのが見えた。

午前中の早い時間にもかかわらず弔問客は多かった。芝生の横のベンチや建物のエントランス付近、それと林の散策口——。そこかしこに黒服が散りばめられていた。建物のエントランスには今日のお通夜と葬儀の予定が書かれた札が数枚掲げられていた。私はそこに叔母の名を見つけるとなぜかほっとし、すぐに車を出した。

叔父の家は昔のままであった。

瓦屋根の純日本家屋、巨大な桜、腐葉土、朽ちかけた納屋——すべてがそのままであった。手入れが間に合わないのか、庭のところどころで雑草の背が高くなっていた。

母屋の西側に立派な引き戸の入口があるが、呼び鈴のようなものはなかった。これも昔のままだった。この家に寝泊りしていた頃、近所の人たちがすたすたと入ってきて縁側から家の者を大声で呼んでいたのを思い出し、思わず笑みをこぼしてしまった。

私は母屋の西側を通って縁側のある南側に回りこんだ。

あの縁側があった。昔、悔し涙をこらえて飛び出した縁側だ。障子こそ閉まっていたが雨戸はあけっぱなし——まるで無警戒であった。私はそこに腰を下ろした。

庭の端に打ち付けられた錆びた鉄柵を越えるとすぐに斜面が始まって、そのまま目を下らせてゆくと一つ大きな森が広がり、それを超えるとすぐに海だ。果てしなく広がる海。風が心地よかった。海が潮を乗せ、森が緑の香りをつけた風。

風の二重奏に酔いしれ、私はいつしか目を閉じていた。

「こんにちは」

突然後ろで声がして私は我に返った。お通夜の準備で遺族はみんな出払って斎場にいるだろうと思い込んでいたので不意をつかれた形となった。声のほうを振り返って私は眼をみはった。障子の横に立っているのはキョウナであった。

「やっぱりここへ来たのね」

彼女はそう言ってにっこり笑った。Tシャツにジーンズ、その上にエプロンをつけていた。

見たところ、母親の死に際して泣きはらしたり取り乱したような形跡はなかった。むしろ普段どおりといわんばかりに落ち着いていた。

「久しぶり」

私は軽く右手を上げて彼女に応じた。平静なキョウナに呼応するような挨拶が、自然に口をついてでた。彼女に会ったときの自分の第一声を心配していたので、ほっと胸をなでおろす形となった。

「私の予感、やっぱり当たった」

キョウナは言った。

「そうだね。当たったみたいだね」

横に座っていい？　と彼女が聞くので、私はどうぞと言った。

彼女が私の横に腰掛けると、私は息を呑んだ。スマートフォンダマシの夢に現れた女性が夢を抜け出してここにいるような錯覚を覚えた。もう一度彼女のほうを見た。やはりキョウナであった。

風のいたずらさ、と私は一笑に付した。

私たちはこういうときに当然する会話——お悔やみの言葉であったり、遠路長旅をねぎらう言葉であったり——を型どおり交わした。

「本当にお久しぶりね」

一通りの儀礼をすますと彼女は言った。

「本当に。君は変わらないね」

「あなたこそ」

そう言って、

「あ、ごめんなさい、世界的に活躍する大先生に対して変わらないなんて失礼ね」

と訂正した。

「大学教授やら何やら余計なものがおっかぶさって重たくなったけど、魂は昔からいっしょさ。あいかわらず変わりばえしないよ」

これを皮切りに私たちは昔の話をまるで堰を切ったように話した。何よりも嬉しかったのは、変に敬語にならず、昔のように気楽な口調で会話できることであった。話は尽きなかった。私たちは無我夢中で昔を共有し合った。話をしている間、交わした手紙やスマートフォンダマシの話が彼女の口から出ることはなかった。手紙にあったように彼女は『殻に閉じこもっていっこう出てこない困ったカタツムリ』になっていた。

「緑茶でも用意するわね」

話の途切れたのを見計らって彼女は腰を浮かせた。

「斎場にいかなくていいの？」

私は腕時計を見た。話に夢中になって時間が経つのをすっかり忘れていたのだ。この家の者も私の家族もみんなそちらへ出払ってしまい、通夜の時間までこの留守番をしなければいけないから、と彼女は言った。

「だからゆっくりしていって」

ほんのつかの間——おそらく十秒か二十秒くらいの間——沈黙があった。沈黙を破ったのは私のほうであった。

「麦茶はある？」

自分でもどうしてそう切り出せたのかわからなかった。

「ごめんなさい。ないんです。あれは母が作っていたものですから」

彼女は一瞬ためらった後にそう言った。それまでの慣れ親しんだ口調ではなく、どこか他人行儀だった。緑茶をお持ちしますね、と言って彼女は奥の台所へと消えた。

まただ…。

私はまたあの夢を思い出していた。口調が夢の女性とそっくりであった。

すると、何気なく自分の手元に目を落としたはずみに黒い袖のはずがグレーであることに気付いた。いつすり替わってしまったのだろう――私はいつのまにか喪服ではなくグレーのスーツを着ていた。

次いで、タバコを取り出そうとYシャツの胸ポケットを探った。ここで吸うつもりはなかったが、長年の悪癖が祟ってつい手が伸びてしまうのだった。

タバコの箱の手触りがおかしい――。急いでそれを取り出してみるとそれはタバコではなく名刺ケースだった。私はケースを開けた。中には昆虫博物館の学芸員を示す名刺が入っていた。

エピローグ

そこへキョウナが戻ってきた。視界の端に彼女が私の隣にすっと座るのがぼんやりと見えた。私は彼女のほうをさりげなく横目で見た。左肩にかけた皮のバッグ、薄手のブラウンのワンピース、胸元のネックレスと右手の手首のブレスレット。そこに座っていたのはまぎれもなく、スマートフォンダマシの夢に出てきた女性だった。

不思議なのは、こういうことになったこと自体よりも、それに対して何の違和感も抱かないことだった。むしろそれは自然の摂理で、正しいことなのだと感じていた。私はじたばたしないことにした。この運命に身をゆだねようと決意していた。彼女は一つ会釈をし、私もそれを返した。

「何だかひどくお久しぶりのような気もしますし、つい今しがたまでお会いしていたような気もします」

彼女は言った。

「そうですね」

私は答えた。

「またお会いできて光栄です」

「私も」

彼女は言った。

「お母さんの最期には立ち会えたのですか？」

私は尋ねた。彼女はうなずいた。

「おかげさまで最期を看取れました。スマートフォンダマシが母の死の近いことを教えてくれたのです。あなたがいなければ——」

そう言って、彼女は伏し目がちになった。

「私は何一つしておりません。あなたが正しい行いをなさっているからですよ」

「謙遜なさらないで」

彼女は微笑んだ。

「そういう私だってあなたの手紙に救われた。きっとそれを伝えたくてあなたの前にいるのかもしれません」

私は言った。

「あなたからのお手紙——母が亡くなる数日前に私の元に届いたのですが——その頃、ちょうど母が激しい苦しみに見舞われているときでした。もう最後の局面は近づいていたのです。私たち家族にとってもとても辛い時期でした。『夏休みとはお世話をする期間で、それを通じて大事なことを学び取るもの』とあなたは手紙でおっしゃっていました。この言葉にどれだけ励まされたことでしょう」

「お母さんの死を受け入れられたのですね？」

彼女はうなずいた。

「最後は母の手をずっと握っていました。母の苦しみを感じるまで。私は母と同じように苦しみたいと願ったのです。やがて苦しみの果てに母は静かに息をひきとりました。死の直前はとても穏やかでした。そして私も母と一緒に死んだのです。過去の私は死に、新しく生まれ変わりました」

ここで一度言葉を切って、

「私は母を愛しています」

と言った。彼女の表情に迷いはなく、凛として輝いていた。

風が縁側に並んで座る私たちに二重奏を贈っていた。

すると台所のほうで何か物音がした。冷蔵庫の扉が開き、そして閉まる音だった。古くて開閉時にぎしぎしいうあの音。昔と変わらないのですぐにそうとわかった。

「奥に誰かいるのですか？」

この家には今、私たちのほかに誰もいないはずだった。

「母が来たようです」

彼女はそう言って立ち上がった。

「今、麦茶をお持ちしますね」

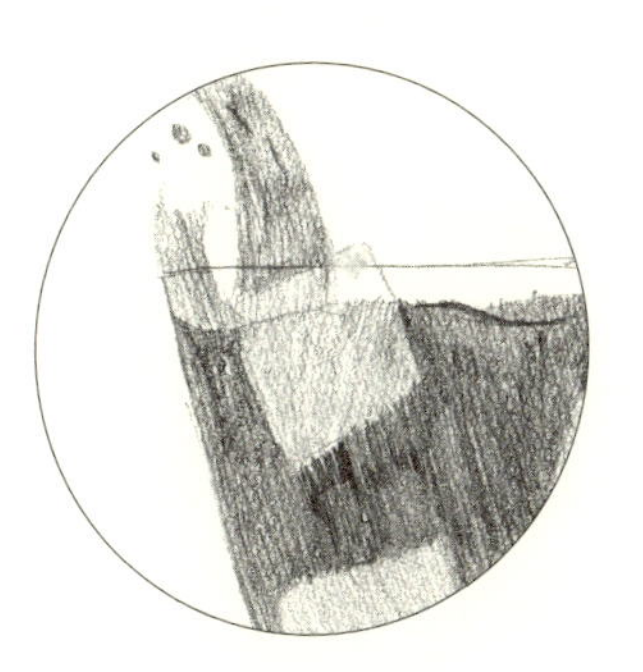

児童文学の新たな旗手として

児童文学者　日野　多香子

ありふれた日常が一人の作家の筆にかかると、燦然と輝く別の世界にかわる。藤谷さんの作品を読むとき私はいつもそれを感じます。それは作品そのものの魅力です。同時に、その作品のなかでは、主人公のその後と深くかかわったりもします。幼いころに親戚の家で飲んだ麦茶が甘かった。この美しい誤解が、成長していく主人公の中で膨らみ人生そのものにかかわっていくのですから。もう一つこの方の特質を挙げましょう。それは、リアリズムの世界の中に、さりげなくファンタジーを溶け込ませていることです。物語には素晴らしい指使いでスマートフォンを操る女性が登場します。実はこれはキョウナだったという設定です。これなど、読者がはっとさせられるしゃれた展開でした。

ともあれ、藤谷さんはこれからの若手の作家として、とても楽しみなひとりなのです。

二〇一五年如月に

あとがきに代えて

物語いっぱいのお山の奥に
ちっちゃな小屋を掘っ立てて
クックツ　トントン
おはなしこさえて暮らしたい

「アトリエ物語山荘」はそんなおとぎ話のような願いの込められた、物語を作るための工房です。

平成二十七年二月

藤谷　圭一郎

藤谷(ふじたに) 圭一郎(けいいちろう)
一九七三年東京生まれ。國學院大學経済学部卒。出版社編集部勤務等を経て、「アトリエ物語山荘」を創設、執筆活動を始める。
二〇一四年より桜美林大学アカデミーにて児童文学者・日野多香子氏のもとで指導を受ける。本編デビュー作。

挿絵 小三凪(こさなぎ) 葵(あおい)（アトリエ物語山荘）

VILLAGE
銀鈴叢書
二〇一五年三月二六日 初版発行
定価：本体一、五〇〇円＋税
著 者 藤谷 圭一郎 ©
装 画 小三凪 葵 ©
発行者 柴崎聡・西野真由美
発行所 銀の鈴社
〒248-0005 神奈川県鎌倉市雪ノ下3-8-33
TEL 0467-61-1930 FAX 0467-61-1931
http://www/ginsuzu.com
NDC 911
ISBN 978-4-87786-394-4 C0093

印 刷 電算印刷／製 本 渋谷文泉閣